기획의 말

그리운 마음일 때 'I Miss You'라고 하는 것은 '내게서 당신이 빠져 있기(miss) 때문에 나는 충분한 존재가 될 수 없다'는 뜻이라는 게 소설가 쓰시마 유코의 아름다운 해석이다. 현재의 세계에는 틀림없이 결여가 있어서 우리는 언제나 무언가를 그리워한다. 한때 우리를 벅차게 했으나 이제는 읽을 수 없게 된 옛날의 시집을 되살리는 작업 또한 그 그리움의 일이다. 어떤 시집이 빠져 있는 한, 우리의 시는 충분해질 수 없다.

더 나아가 옛 시집을 복간하는 일은 한국 시문학사의 역동성이 드러나는 장을 여는 일이 될 수도 있다. 하나의 새로운 예술작품이 창조될 때 일어나는 일은 과거에 있었던 모든 예술작품에도 동시에 일어난다는 것이 시인 엘리엇의 오래된 말이다. 과거가 이룩해놓은 질서는 현재의 성취에 영향받아 다시 배치된다는 것이다. 우리는 현재의 빛에 의지해 어떤 과거를 선택할 것인가. 그렇게 시사(詩史)는 되돌아보며 전진한다.

이 일들을 문학동네는 이미 한 적이 있다. 1996년 11월 황동규, 마종기, 강은교의 청년기 시집들을 복간하며 '포에지 2000' 시리즈가 시작됐다. "생이 덧없고 힘겨울 때 이따금 가슴으로 암송했던 시들, 이미 절판되어 오래된 명성으로만 만날 수 있었던 시들, 동시대를 대표하는 시인들의 젊은 날의 아름다운 연가(戀歌)가 여기 되살아납니다." 당시로서는 드물고 귀했던 그 일을 우리는 이제 다시 시작해보려 한다.

기획의 말

그리운 마음일 때 'I Miss You'라고 하는 것은 '내게서 당신이 빠져 있기(miss) 때문에 나는 충분한 존재가 될 수 없다'는 뜻이라는 게 소설가 쓰시마 유코의 아름다운 해석이다. 현재의 세계에는 틀림없이 결여가 있어서 우리는 언제나 무언가를 그리워한다. 한때 우리를 벅차게 했으나 이제는 읽을 수 없게 된 옛날의 시집을 되살리는 작업 또한 그 그리움의 일이다. 어떤 시집이 빠져 있는 한, 우리의 시는 충분해질 수 없다.

더 나아가 옛 시집을 복간하는 일은 한국 시문학사의 역동성이 드러나는 장을 여는 일이 될 수도 있다. 하나의 새로운 예술작품이 창조될 때 일어나는 일은 과거에 있었던 모든 예술작품에도 동시에 일어난다는 것이 시인 엘리엇의 오래된 말이다. 과거가 이룩해놓은 질서는 현재의 성취에 영향받아 다시 배치된다는 것이다. 우리는 현재의 빛에 의지해 어떤 과거를 선택할 것인가. 그렇게 시사(詩史)는 되돌아보며 전진한다.

이 일들을 문학동네는 이미 한 적이 있다. 1996년 11월 황동규, 마종기, 강은교의 첫번째 시집들을 복간하며 '포에지 2000' 시리즈가 시작됐다. "생이 덧없고 허기질 때 이따금 가슴으로 암송했던 시들, 이미 절판되어 오래된 명성으로만 만날 수 있었던 시들, 동시대를 대표하는 시인들의 젊은 날의 아름다운 연가(戀歌)가 여기 되살아납니다." 당시로서는 드물고 귀했던 그 일을 우리는 이제 다시 시작해보려 한다.

푸른 비상구

문학동네포에지 056

이희중 시집

푸른
비상구

시인의 말

문학도 사랑도 그리고 삶도 한번 잘해보고 싶었다. 그러나 어느 하나도 만만하지 않았다. 튼튼한 것들도 내가 만지면 부서지고 아름다운 것들은 내가 사랑하면 이내 시들었다. 용서하라, 내가 만진 시계들아, 사랑한 찔레꽃들아.

이제 고마운 기회로 턱없는 꿈과 그 마땅한 좌절의 해묵은 기록만을 묶어 낸다. 스무 살 적 것부터 있어 터울대로 키가 들쭉날쭉하다. 살피시길. 도무지 가당치 않지만 언젠가 행복해지면 담배와 시를 또 이 힘겨운 도시를 기필코 버리리라.

1994년 7월
이희중

개정판 시인의 말

내 서가에조차 하나 남은, 세상에 몇 남지 않았을 시집을 되살려준다는 제안이 고맙고 당황스러웠다. 새로 입력한 교정지를 읽으니 자주 낯이 뜨거워져서 크게 고치거나 빼고 싶기도 했지만 애써 손대지 않았다. 그때의 내가 더 옳을 것이다.

이 시집 처음 내던 무렵이 새롭다. 여러 해 신춘문예 마지막 고개를 넘지 못하다가 그럭저럭 시인이 되기는 했으나 사위는 조용했다. 두려워져서 문이 활짝 열린 문학상에 익명으로 응모한 적이 있었다. 심사 끝난 낙선작에 섞인 내 원고에 귀한 전언을 얹어주신 분이 유종호 선생님이셨다. 폐지가 되었을 원고가 시집으로 묶인 일은 온전히 선생님의 은덕임을 잊지 않고 있다. 면목 없고 때 늦은 사은이 아닐 수 없으나 더 늦지는 말아야 할 시간에 이르렀다. 익명 투고의 임자를 찾아내 선생님의 전언을 귀띔하고 책을 만들어준 이영준 선배도 잊지 않았다.

애초 내가 생각해둔 시집 제목은 '누항을 떠나며'였다. 떠났다고 생각했지만 머문 곳이 또 누항이 되었다. 조만간 다시 누항을 떠날 것이다.

2022년 초가을
이희중

차례

2부

3부

4부

1부

파랑도(波浪島)

파전을 익히며 술을 마시는 동안
더워서 벗어둔
쇠 걸상에 걸쳐둔
저고리, 내 남루한 서른 살
황태처럼 담뱃잎처럼
주춤 매달려 섭씨 36.5도의 체온을
설은살 설운살 서른살을 말리고 있다
소란한 일 없는 산속의 청주(淸州)
한가운데 섬이 있다
소줏집 파랑도
바람 불어 물결치고 비 오는 날은
사람마다 섬이며, 술잔마다 밀물인데
유배지 파랑도에서
저고리는 매달린 채 마르기를 기다린다
술병이 마르기를, 풍랑이 멎기를

교과서 나라

가방 속에 세상을 넣어 다니던 시절은 행복하였습니다 그 속에 어머니께서 장만해주신 한나절의 생계가 있었고 반듯한 교과서마다 한창 자라나던 우리가 충분히 이해할 수 있는 명징한 세계가 있었습니다 교과서라는 경전을 숭배하는 나라의 권위는 대개 종소리에서 비롯되었습니다 규칙적으로 종이 울리면 시간 또한 반듯하게 잘라지고 그 틈에서 우리는 교과서의 바다에 거듭 담금질되었습니다

처음 본 세계지도는 세 가지 색으로 그려져 있었습니다 수많은 빨간 땅 파란 땅 군데군데 노란 땅 파랑은 우리 편 빨강은 나쁜 편 우리가 사는 땅은 위쪽 절반은 빨강이었으며 아래 절반은 파랑이었습니다 교과서 나라 어디서나 눈에 띄는 국기 속의 동그라미도 같은 모양이었습니다 그 무렵 배운 동요는 세월 흘러도 지워지지 않아서 우리의 소원은 통일 이 나라 살리는 통일 노래하며 방과후 운동장에서 땅따먹기를 하였습니다

전나무 측백나무 계수나무 모과나무 향나무 버즘나무 채송화 맨드라미 분꽃 나팔꽃 작약 코스모스 살아 있는 모든 것은 이름표를 달고 있었습니다 또래들도 가슴에 자신의 이름을 써 다녔고 흔히 숫자가 이름을 대신하였습니다 그러나 한 걸음이라도 그 나라를 나서면 교과서 없는 세상 이름 없는 사물과 이름 많은 사람들의 세상이 우리를 기다리고 있었습니다 한참 명징하지 않은 것을 싫어하고 미워하였으나 조금씩 어렵게 적응하였습니다

월 것이 많던 시절 늘 변소를 청소하였습니다 암호 같은 구구단 뜻 모를 국민교육헌장 대가를 치르면 하기 싫은 일을 하지 않을 수 있다는 소중한 이치를 배웠습니다 그리하여 교과서 나라를 떠나게 되었을 때 우리는 어떤 것은 영원히 알 수 없다는 사실을 깨달았습니다 이를테면 태어나자마자 죽는 아기, 전쟁, 돈의 행방…… 기쁜 혼돈 속에서 우리는 나이를 먹고 있습니다 가끔 까닭 없이 울기도 하면서 조금씩 스스로를 죽이면서 살고 있습니다

두드리면 열린다는 문, 또는 기다리면 온다는 고기

문이 있는가
두드리면 열리는 문이 있는가
왜 헤매며 아무 벽이나 두드려보는가
누구는 쉽게 열리더라고 하기도 하고
아예 열려 있더라고
문이 아니라 길이더라고 하네
그런가, 저마다 찾는 문
서성거리는 발들
세상은 바다 그 변경에 낚시를 드리우고
바늘 끝에 자신의 살점을 매달아놓았다
목숨을 달아놓았다, 무서운 미끼여
기다리면 큰 고기가 오는가
들린다, 경첩이 녹스는 소리
미끼가 썩어가는 소리

손톱 발톱 머리카락 털

내가 살아 있구나 손톱이 자라고
몸이 무언가 하고 있구나 발톱이 자라고
쓸데없이 자라고 빠지는 것들
저희들끼리 몰래 자라고 빠지고
혹시 내가 저를 기르고 싶어지지 않을까
기다리며 중얼거리며
그것들은 내 몸의 가장 먼 곳에 있다
변두리에 산다 바깥을 향하고
무서워라 발톱은 결국 신발을 찢고
손톱은 손바닥을 할퀴고
머리카락은 하늘을 가리고
털은 온몸을 죄고 결국
내가 죽은 후에도 오래 더 자랄 것이다

풍화를 위하여

—멸망의 내력·서(序)

하나의 단풍잎 발아래 날아와
이미 나는 일만 이천삼백 개의 밥알을 담담하게 씹어 먹고
풍화를 시작한다
나무 밑에 앉아서 밥풀들을 다스리고 있는데
울지 않고 보았네, 하나의 단풍잎 온전히 가루가 되어
마신 물의 분자 수는 헤아리지 못했어
지상에서 사라질 때까지
어느 나무 아래에서는 건조한 이천 년이 흐르기도 하지
아직 나는 완전하지 않아
일어나 일터로 가네 낯선 부족의 곁으로
내일은 말해야 하겠다 하나의 단풍잎을
우리 부족의 내력을
그 가볍디가벼운 멸망의 내력을
사막을 구르다 모래가 된 미개한 짐승들의 이야기를

아침의 선택

그는 한사코 창을 닫는다 나는 덥다
아침의 선택이 하루를 결정한다
긴 소매를 입은 나는 창을 연다 긴장이 흐르고
곧 반소매를 입은 그는 다시 창을 닫을 것이다
유월 어느 날의 날씨를 그는 여름으로 보았고
나는 겨울로 보았다 아침의 선택이
세상을 결정한다
그와 내가 사진을 찍어 남긴다면
후세의 인류는 오늘의 계절을 의심하리라

우기의 놀이터

헛것에 질린 아이처럼
그후 한 계절 가위눌리는 아이처럼
그 악몽처럼 그들의 스무 살은 그랬다
아침의 서기(瑞氣)에도 몸서리치며
머릿속에 오래 검은 비 내렸다
우기의 놀이터는
멈춘 그림 가지 않는 시간
녹물 떨어지는 미끄럼틀 밑에서
서로 손바닥을 보여주며
위로하며

발 묶인 식물들이 웃자랄 때
영리한 길짐승들은 개지 않을 시간
아래 누워 순순히 삶을 포기했다
개미들은 한없는 모래탑을 쌓았지만
그들의 여왕은 더 알을 낳지 않았다
아직 산 것의 허파에는 빠짐없이 곰팡이가 슬고
성냥과 부싯돌 다 젖어 지상에 불은 사라졌다

감기를 앓은 한철
보이지 않는 것들과의 지루한 전란이
그들의 영토를 훑어 갔다
바이러스를 몰아내기 위해
얼마나 많은 흰 피톨이 죽어갔는지

노란 오줌을 누면서
어른들 몰래 몸속에 폐허를 장만하며
상처를 키우며 흉터도 함께 자랐다
놀이터까지 포성 들리지 않아도
그들은 진창에 엎드려 죽은듯이 죽었다

계근장 부근

길가에서 아이들과 패싸움하는 시간들을 보았다
계근장 부근 철 이른 플라타너스 낙엽은
자유롭게 삶의 줄을 놓고
사사로운 인연에 매달리는 나를 곁눈질하는데
바람으로 빈 나의 근수는 얼마?
헤어진 얼굴들아, 기억 속에 해진 누더기들아
사랑을 인질로 시간을 뺏어간 사람들아
나 나이들어 무거워진 머리를 손으로 드네
하체는 가벼워지는데
계근장 부근을 지나는 사람들 뿔뿔이
들것을 이고 간다 목발을 지고 집으로 간다
아직은 혼자 걸을 수 있어!
나의 잎은 아직 줄기에 달려 있으니
아이들은 이제 고철이 된 시간을 밀고
계근장으로 간다 그들 뒷모습이 늙어간다

태풍

바람 소리에 놀라 잠이 깨곤 했다
거인의 숨소리처럼 바람은
우리집 허술한 서까래 틈을 파고들어
언젠가 온통 초가지붕을 날리고
흙벽을 허물고 말리라
생각하며 어렵게 잠들었다
문이 열릴 때 어느새 습기는 밀려들어
방바닥 낮게 들러붙고
식구들은 멀리서 기어오는 하류의 강물과
힘차게 행군해오는 상류의 강물을 생각했다
이불과 옷을 더 높은 곳에 올려두고
장차 물이 될 세상을 두루 살핀 후
우리 식구는 걱정스레 그 집을 비웠다

후진금지

지옥은 아니지만 이 별의 삶은
내가 여행하는 별들 가운데 비교적 피곤한 편
이 별은 한번 저지른 일을 되돌릴 수 없다는
독특한 원리를 끝없이 강조하는 학교
이를테면 그것이 이 거대한 학교의
치사하고 아니꼽고 더럽고 유치한 교과
교실의 흑판에는 이렇게 씌어 있지
주의! 한번 가면 절대로 돌아올 수 없음
후진금지, 그래서 이 별에서는
불쌍한 사람들이 안타까이 뒤를 돌아보며
살아간다, 눈물로 바다를 이루며
그 물살에 스스로 가슴을 다치며
죽어간다, 그러나 다행스러워라, 이 별을
일주하는 사람들은 단 한 번 죽을 기회가 있다네

감물

감물은 지워지지 않는다 옷이 다 헐 때까지 남아 있다 내 고향 사람들은 도시에 나와 살아도 감을 사 먹지 않는다 구경만 할 뿐 감나무 부근에서 보낸 감꽃 감잎 선감 곶감 따위에 묻은 어린 날을 생각할 뿐 사지 않는다 감은 돈 주고 먹는 물건이 아닌 것이다 천리나 멀리 살아도 늘 거저 얻을 것 같아 내 고향 사람들은 감에 대해 편견을 가지고 있다 감물 묻은 생각을 갖고 있다 감물은 영영 지워지지 않는다

연필의 노래

글을 배운 지 스무 해
서른의 내 글씨에는
만난 많은 사람의 글씨가 숨어 있다
한때 아름답다고 생각했던
사람, 그의 모습 그의 삶 그의 글씨
본받을 만하고 만만치 않던 사람들
그이들의 손때가 묻어 있다
그러나 요즘은 고집불통
아무것도 흉내내기 싫은데
나도 모르게 더러운 것들은
나의 일부가 되지만
더는 겸손을 미덕이라 여기지는 않아
타락을 방관하며
스스로 즐기고 있다
나는 때가 많이 묻었다

수난하는 안경

이십대의 처음 다섯 해는 눈물로 보냈지
슬픔의 시대인지 시대의 슬픔인지
그놈은 자주 술 때문에 증폭되었어
늘 일정하지 않은 핑계로 울었으므로
모든 이유로 울었던 걸까
정신 차린 아침 안경에는 소금 얼룩
눈두덩이 개구리 같았지
세상이 소금 너머로 막막하였어
그래서 나머지 다섯 해는 뿔을 달고 지냈지
아무도 용서하지 않고 폭력을 숭배했어
분노와 냉혈은 아끼던 미덕
밤새 안경은 가루가 되기도 해
새날에도 먼 곳은 보이지 않더군

사냥꾼

벌레의 집으로 옷을 짓고
꽃으로 베를 짜며 짐승의 살갗을 뺏어 입는다
식물의 시체 썩은 검은 물을 태워 수레를 굴리고
돌을 녹여 생각 없는 무서운 짐승과
그의 이빨을 만든다 흙을 박제한 후
의자에 의지하고 제 비린내를 강물에 씻어
세상을 더럽힌다 그리고 직설적으로
더 상징적으로 동족을 사냥한다

연체동물

그는 뼈가 없다 그의 몸에서는 절대 뚝 소리가 나지 않는다 골절당하지 않고 골병들지도 않는다 남이 울면 따라 울지만 혼자서는 절대 울지 않는다 자신을 호주머니에 넣어 다닐 수도 있다 그는 가끔 하수도에 빠지거나 문틈에 끼이지만 상처 입지 않고 잘산다

여주인공

그녀는 아름답다 우리는 표를 산다 작은 우리의 빛을 모아 아름다운 그녀에게 온통 밝음을 준다 못난 우리가 어둠을 견디는 동안 그녀는 곧은 코로 의지의 또렷함을 꾸미고 맑은 눈으로 마음의 깨끗함을 증명하며 반듯한 이마와 날렵한 몸매로 자신이 별난 존재라고 설렁거린다

누구도 그녀보다 객관적으로 아름다울 수 없다 간혹 부분적으로 우월할 수 있으나 총체적으로 열등하며 일시적으로 행복할 수 있으나 궁극적으로 불행하다 이야기가 슬프든 아니든 그녀는 화면 밖의 세상을 압도하고 어둠 속에 숨죽인 우리를 제압한다 나는 너희와 달라 그래, 우리가 원했던 일

어둠 속에 벨이 울리고 우리는 보잘것없는 스스로의 빛을 돌려받는다 나를 돌려받아 주머니에 넣는다 부신 눈을 비비며 밝아진 그래서 사소한 현실을 확인한다 적응한다 영화관 밖에서 우리는 선의 대변자가 아니며 미의 화신이 아니다 단지 비극의 단역 희생의 대역에 지나지 않는다

풀 매듭

—멸망의 내력 3

아무도 모르게 풀잎을 매듭으로 엮어두었다
누군가 그것에 발이 걸려 신나게 넘어질 일을 꿈꾸며
우리는 웃었다 가끔 우리가 그 매듭에 쓰러지면서

풍장

—멸망의 내력 6

창을 모래에 꽂아두고 쉬고 있었노라
사막 어디서는 지금도
모래들 더 잘게 부서지고 있으리니
우리 부족의 구차한 영토에
매일 어김없이 한 차례 노을이 지도다
우리 부족의 용맹한 전사들은
비겁하게 목숨 부지하려 아니하였나니
날 때부터 세상이 그들의 무덤이었노라
창은 아직 모래 위에 서 있으나 언제
다시 일어나 저 간교한 신의 음모에서
겨레의 목숨을 능히 찾아올 수 있으리

사막에는 물이 없어 숨져도 곡할 도리 없어
용자의 시체는 썩지 못하고
다만 바람 속으로 조금씩 흩어지리라
오직 주인 없는 창만이 한때의 젖은 꿈을
증거할 뿐
한 부족의 종언을 증언할 따름

기억

—멸망의 내력 7

통곡의 안개 속으로 밤이 기어간 후
소리 잦아지고 아침이 와
그러나 우리의 아궁이에 온기 다시 없고
영원히 아기 울음 들을 수 없었네
아무도 한번 닫은 문 새로 열지 않아
돌쩌귀와 문고리는 녹슬고
서로 잊으며 스스로도 잊혀갔네
바람 불 때 조금씩
모래가 우리 마을을 덮었네
아주 천천히 한 오천 년 동안

개처럼 만나는

—멸망의 내력 9

우연히 마주친다 비굴한 몰골
낯선 부족의 도시 질척한 해질녘 골목에서
서로 개처럼 냄새로 알아본다
동족이여, 용맹하던 전사의 새끼들
살아서 치욕인 문신을 보아라
고개 돌려 지나친 후
다른 골목에 엎어져, 숨어 구역질하며 운다

2부

순환선

사랑을 위해 산다고 생각한 적이 있었네
삐걱이며 길을 가 언젠가 닿을 종착이
사랑이라는 이름의 역이리라
스스로 달래며 그 밝고 따스한 땅에
내연의 불길에 단 내 열차
다스리기 버거운 몸을 부리고
입김 칙칙 뿜으며 오래 머물 집을 지으려 하였네
그러나 나의 길은 순환선
기억 못할 정거장을 거듭 도는 날들이여
무거운 산소를 나누어 마시며
동행하는 이는 적지 않으나
떠나는 역과 내리는 역이 저마다 달라
황망히 제 길들을 찾아 멀어지나니
천장에서 하늘에서는 너도
역 하나를 골라 내려라 재촉하는데
이제 삶을 위해 살아가라고 윽박지르는데
이제 살아남기 위해 사랑하라고 속삭이는데

푸른 비상구

—영화관에서

눈앞에 펼쳐지는 사철의 꽃들
늘 새로운 듯해도 오래도록 되돌아오는 것일 뿐
한자리에 앉아 목이 굳도록 보고 있어
서서 할일을 알고 태어난 사람들은
행복하여라 돌아오는 꽃들의
색깔에 고개 돌리지 못해 하냥 보면서
날씨가 바뀌면 옷을 갈아입고
다시 그 자리에 묶인 듯이 앉아
사위를 둘러볼 뿐, 너른 방 침침한 구석에서
밝은 거짓들에 마음 뺏기어
속없이 울며 웃으며 즐길 때 너는
푸른 비상구를 열고 나타나 손전등으로 내 이마를 비출까
일으켜 굳은 관절을 깨워줄까
더듬거리는 손을 이끌어 바깥으로 데려 나갈까
세상 안으로 끌고 나갈까 저 낯설게 밝디밝은

지하철 신천역에서

—누항의 사랑 3

그녀를 보았어요
잠실 지하철 신천역에서
장난감처럼 걷는
귀여운 딸과 안경 쓴
남편과
함께 열차를 기다렸어요
신문 파는 아저씨
하모니카 불 때
그녀도 보았어요
열차 기다리는 나를 보았어요
잠시 웃고는 다시 남편을 보았어요
지하철 신천역에서
잠실의 행복을 보았어요

겨울산기(山記)

내 겨울산은 추억의 침엽수를 키우고
기척 없이 돌을 부수어 흙을 만들지
흰 얼음을 오래 가까이하여 이마를 차갑게 하고
작고 그리운 이름들이 부패하지 않도록 하지
겨울산을 오르면 활엽수들이 벗은 남루한 옷들 틈으로
사랑하는 사람이 감추어둔
어린 날 예쁜 가슴도 보이네 숨가빠라
산 어깨에 기대어 쉬며 그 사람의
아름다운 호흡조차 새로 사랑할 때
바람은 빛나는 능선에서
외로움의 돛배를 하늘에 띄우지
한 손에 담배를 들고도 새 담배를 피우고 싶어라
겨울산에는 결빙한 시간들이
뜬눈으로 잠자고 있지 그들은
차갑고 하얀 사랑으로 연명하며
아픈 시절에도 뒤척이지 않지 소리 내어 앓지 않지

저 돌들 모두 젖으면

잠시 내린 비는 결코 돌 속 깊이 적시지 못하고
한때의 슬픔도 삶의 내막을 다 적시지는 못하네
그러나 어느 때 멎지 않는 비 내려
저 돌들 보이지 않는 속까지 모두 젖으면
그래, 두 손으로 닦지 못할 슬픔이 밀려오면 세상에
생긴 후 처음 젖어보는 마음의 종이도 있겠지
눈물의 바다에 표정 없는 아이는 채 젖지 않은 한 장
마음의 종이로 배를 접어 띄우고 마를 날 없는
더러운 항구를 아주 떠날지도 몰라 우는 비에
웃으며 등돌리며, 설령 맑은 날이 다시 온다 해도
보이지 않은 돌의 속은 오래도록 마르지 않고
사람들은 겉만 마른 돌을 보며 자신의 젖지 않은
마음을, 없는 사랑을 한참은 뒤적여 찾아볼까

산상(山上)의 벗

나조차 나를 돌보려 않는 날
거기에 갔었다 음울한 열다섯 적 화창한 바위
북한산 자락, 부근 어디 개난초도 자라던
처음 죽음과 이야기한 곳
내가 죽음의 외로움을 쓰다듬고
죽음이 내 외로움을 위로한 곳
그후 그를 잊고 그의 정처를 잊고
우울한 날 문득 들른 거기, 외로운 벗의 영지
수원 가까운 산상의 저수지 인적 없이 흔들리는 물결
흔들리는 활엽수 반짝이는 잎사귀
흔들리는 눈썹 헛자란 내 손톱
못 가운데로 난 콘크리트 다리를 걸으며
성긴 쇠 난간 녹 부스러기를 흘리며
나는 벗을 만났네 너는 나,
아직 아무도 사랑할 수 없는

탈옥기

—누항의 사랑 6

너의 감옥에서 적은 글들
태운다 시간의 창살 너머
멈춘 낡은 너
나는 오라를 벗으며 떠나고 있다
불길 속에 형무소는 노을을 만들고
너조차 인연 끊은 네 그림자
타는 사진첩
영어(囹圄)에 지친 나도 이제 잡지 않는다
네가 던져준 알뜰한 한 시절의 구차한 끼니
번민의 수저들을 태우며
이 세상에서는 마지막으로 운다

너에게 갇힌 가을

—누항의 사랑 5

가을은 너에게 갇혀 있다 지난
일기장에서 바랜 낱말들이 흘러나와
크지 않은 호수를 이루고
자라는 가을은 그 가운데 갇혀
신생대의 산지를 가진
섬이 된다 고인 물이 조금씩 증발하여 수심
얕아지는 만큼 섬의 기온을 내리고
가을은 전생, 빙하기의 기억에 가위눌리며
여전히 너에게 갇혀 있다 그리하여
계절은 사랑의 다른 주소를 갖게 되는가
나도 가을과 함께 너에게 갇힌다
나는 섬에 유배된다

우중공원

—누항의 사랑 7

함께 있자
늦은 가을 비가 내리는데
물방울 흐르는 노천 의자에는
표면장력을 연습하는 비
사랑은 약속 없이 무수히 떨어져 고이는데
사람들은 공원으로 열린 창을 지금 잠그고
너는 걸어오지 않는다
함께 비를 맞자
어둠을 걸어가는 네 발목이
가려 보이지 않는다 수많은 물방울들이
너와 나 사이를 채운다

객석의 너

—누항의 사랑 9

나를 얼마나 아는가
네 눈 속에서 내 세상은 배경이 되고
소품이 되고 효과가 되고 장식이 되는가
나는 너에게 무엇인가
내 슬픔을 웃음거리로 삼아
내가 힘들여 지은 집으로 들어오지 않고
바라보려고 구경하려고만 하는 사람아
내 삶은 현상된 영화필름이 아니야
화석이 아니야 네가 떠난 후
빈 무대 위에서 나는
네가 객석에서 벌인 허튼 연극을 낱낱이
되돌려 편집할 것이다

너에게

—누항의 사랑 10

내 머리에서 추억의 움막을 허물고
삶의 포근한 미래를 지우고
미움의 무기마저 빼앗고 약하디약한
아이의 모습으로 이 낯선 별에 살아
가게 한 너에게, 처음부터 짐짓
허울의 사랑과 비굴함에 천천히 길들게 하여
웃으며 개처럼 꼬리치며 사람들을 반기게 한
언제까지나 그리워하게 한 너에게, 여태
이 모든 것들이 음모이며 형벌임을 잊게 한
너에게, 사악한 책략을 넘어
나는 혼자 다시 눈물과 증오를 스스로 익히고
더는 아무도 믿거나 기대지 않고
네가 지운 기억의 시신들을 하나씩 일으켜
닫힌 상처를 다시 열어 깨우고
그들과 함께 너에게, 누억 겁을 져온
싸움을 너에게, 다시 너에게

네가 태어나지 않았으므로

—누항의 사랑 11

네가 아직 세상에 태어나지 않았으므로
나는 토요일 오후 가장 화려한 옷을 차려입고
거리로 나서지 네가 태어나지 않았으므로
아무에게나 함부로 사랑을 고백하고
그와 음란한 춤을 춘 후
무서운 밤을 함께 지내지 아침이 오면
혹시 바로 오늘 네가 태어날지도 몰라 잠시
걱정하며 피가 나도록 오래 이빨을 닦지만
네가 말을 배울 때까지 나를 알아보고
부를 때까지는 너무나 많은 시간이 남았으므로
나는 여전히 자유롭지 침을 뱉고
입을 큰 소리로 헹구지
온갖 산과에 수소문을 해볼까 생각도 하지만
나는 네 이름조차 알지 못하므로 혼자
간단히 아침을 먹고 쓸데없이 전화를 돌려
이미 태어나버린 불쌍한 친구들과 농담을 하지
저녁이 오면 그들과 술을 먹고
살아가는 일이 한없이 즐겁다고
거짓말을 해대지 취해서는 네가 나 없이 살다가
이미 죽었으면 어떡하나 고민하며
술병을 깨기도 하지만 그런들 무슨 소용이 있나
너는 아직 세상에 태어나지 않았고
나는 이미 너무 오래 기다려온 걸
무엇보다도 네가 아직 태어나지 않았으므로

나는 자유로울 수 있지 너무 자유로워서
혼자일 때는 큰 소리로 웃다가 드디어 울지
내 기다림이 아무 의미도 없으므로
너는 영영 태어나지 않고
내가 자유롭게 죽어가기를 기다리는지

너 없는 날
—누항의 사랑 12

이제 너를 남과 구별할 수 없다
네가 버린 땅 남아 지키며
기다림 속에 자리를 마련하고
우울하고 마른 하늘 아래서도
풀들 목숨 버리지 않듯
네가 돌아와야 할 자리 손질하면서
내 삶은 내내 궁핍하였다

하여 너 없는 날
습관 속에 둥우리 틀고
신이 죽은 신전을 지키듯
돌섶의 이끼조차 아끼며
그렇게 수천 겁의 세월이 흘러

이제 네가 돌아온다 해도
나는 반길 수 없다
너와 침입자를 가릴 수 없으므로

날씨 속의 너

—누항의 사랑 13

날씨 속에 너는 있다
나를 조롱하고
내가 디딘 땅에 끊임없이 물을 대어
진 데 서 있게 하거나
높은 곳으로 나를 유혹해
뙤약볕 아래 서 있게 하고
내가 지칠 때까지 죽음을 보여주고
그대로 말라 게거품을 문 채
뻣뻣이 굳어 나중 어느 날
물질의 작은 분자로 또 원자로
더 작은 무엇으로 흩어져
세상을 포기할 때까지
소리 없이 활짝 웃고 있는
화창한 너는 날씨 속에 있다
나는 허깨비 같은 너와 전쟁을 하며
점점
용서라는 말을 잊어갈 것이다
너의 계략처럼 내가 세상의 빈틈에
초라하게 가루로 쌓여갈지라도
영원히 너를 용서하지 않겠다
영원히 너를 용서할 수 없다

새벽에 서울을 떠나다

새벽은 순결한가 사람들의 땅은
깊은 생각의 눈을 뜨고
일어난다 안개 일어
낮은 골목의 발목을 묻는데
늦게 잠드는 병자들 이제
건강한 꿈을 꾸리라 문득 꿈의 정상에 오르리라
밝아오는 길을 나는 걸어
수레를 타야 한다 오래 호흡하여
익숙한, 바람 부는 거리를 홀로 걸어
수레를 타야 한다 새벽은 아직도
순결한가 내가 탄 수레의 내연기관은
무수히 폭발하여 나를 옮겨가고
자욱이 내가 떠난 도시를 더럽힌다
그대 침실의 창은 닫혀 있는가

나의 달시계

아직은 너에게 말하지 않을 테다
내가 찾은 좁은 골목 끝의 허술한 술집과
그 안 가득 전 발효 냄새를 말하지 않을 테다
잔 비우고 미닫이 밀어 서면
보이는 집들 견고한 담장들 그리고 닫힌 문
담장은 뛸 수 있는 큰길을 가리키고 있다
정원수들이 팔을 뻗어 주인이 잠든 시간, 자유를 즐기고
익은 술로 하루를 마감한 나
바로 걷는다 한없이 바로 걷는다
시간은 슬픈 배경, 흔들리는 아스팔트
부근에서는 뒤로 간다
날마다 오십 분씩 빨리 가도록 맞춰야 하는
나의 달시계, 시계가 필요한 세상은
쉽게 걸을 수 없다 달시계가 필요한 세상은
밝지도 어둡지도 않아야 한다
너의 시계와 나의 달시계가 닮을 때까지
나는 말하지 않을 테다 아는 골목 끝의 주점
그곳으로 가는 온갖 경우를 죄다 겪을 때까지는
우리가 사랑하지 않는다고 믿고 싶다

사과 깎기

사과를 깎는다 거짓을 벗는 아픔의 연습
때로 등을 보이며 돌아선 여자를 보며 나는 사과를 깎는다
늘 두꺼운 줄로 깎이는 사과, 나는 칼을 간다
살점 묻어나지 않는 깨달음은 없을까
벗겨진 사과 드러난 참은 대기 중에서 변색한다
사과를 먹는다 온통 부스럼으로 터진 나를 먹는다

3부

씨앗을 묻으며

먼 우회의 길을 걸어 오늘 여기 서 있네
풍향이 바뀌는 길목에서 한때는
삶과 사랑과 기쁨을 노래하기도 했으나
아직도 어둡고 메마른 시간 어귀
마른 땅에 씨앗을 묻으며 기다려보나니
망설임 없이 피는 꽃이 있던가
제 살갗을 찢는 아픔을 견디고서야
하나의 세상이 열리는 것
오늘이 죽음과 미움과 슬픔의 시간일지라도
어두운 흙속에서 숨쉬는 씨앗에게
품속 내 낡은 삶의 부적을 건네나니

서곡

—수첩, 1984년

서로 자라는 것을 바라보았다 커가는 아픔 깨닫지 못하는 곳으로 시간은 우리를 떼밀었고 어둠을 등져 우리는 담뱃불을 나누어 붙였다

우리는 허물을 벗으며 성장하는 짐승의 종이 아니었다 쉽게 끝나지 않던 유년의 돌림노래 그러나 후렴은 우렁차서 밤을 두려워하지는 않았다

몇 아이는 술이 덜 깬 아침 열차에 올랐다 오지로만 다니는 중앙선 그들은 길고 무거운 몸을 끌면서 산맥 넘어서는 법을 배우러 갔다 남은 또래들이 놀이터의 식탁에서 마지막 아침을 먹을 때 그들은 문득 돌아와 저희의 이름 자리를 수선하고 떠났다 하지만 우리는 그들의 이름을 날 넘긴 신문처럼 버려두었다

아는 계집아이들은 일찍 잠든 밤 아기를 갖는 꿈을 꾸었지만 사내아이들은 같은 꿈의 후미진 골목에서 수없이 살생을 연습했다 놀이터는 우리가 자라는 만큼 좁아지고 시소는 우리를 지탱하지 못했다 유년의 허파는 가빴지만 술을 마신 아침이면 신기하게 나았고 돌림노래의 끝장을 보기 위해 종일을 걷던 거리 그 가두의 나무들은 나이테를 보여주지 않았다 아이들은 저마다의 머릿속에 저마다 다른 나무의 나이를 품고 다녔다 돌처럼 그것을 믿었다

가끔 발바닥이 아팠으나 바라던 허물은 생겨나지 않았고 고치를 엮을 순수의 섬유도 우리에겐 없었다 된바람 불어 긴소매 옷을 입을 때 또래들은 주머니 많은 옷을 골랐다 일용의 웃음 망가진 사랑 부서진 칼 끊어진 고무총

따위를 넣어 다녔다 어깨동무로 좁은 길을 지날 때 주머니 밖으로 그것들을 흘리기도 했다 밟기도 했다 어떤 아이는 속주머니 깊이 밀과 쌀을 품었지만 싹트지 않았다

시간은 놀이터의 변방에 강을 끌어와 가까이로 우리를 밀어 갔고 날 어두워지기 전에 옷을 벗게 했다 불빛 보이지 않는 강 건너 무엇이 있는지 익숙한 어린 날의 땅은 우리를 둔 채 다시 한 걸음 물러나고 낯섦의 거리만큼 우리는 시간을 먹었다 서로 허술해지는 것을 바라보았다

강가에서 옷을 벗을 때 동무들의 하얀 살갗이 밤의 옷을 빌리는 것을 울며 훔쳐보았다

겨냥

—수첩, 1982년

1

산에 갔다 천년 전에도 있었을 돌을 보았다 아름의 전나무 숲을 보았다 그 나무들은 천년 전에는 없었을 것이다 아무에게도 밟힌 적 없는 흙은 어디에 있는가 개울의 물을 보았다 움직이지 않는 것은 겨냥하지 않겠다 결국 산은 잠들지 않는 거대한 시체, 시체를 먹으며 죽지 않고 있는 내장들 그들이 나를 겨냥하고 있었다

2

살아 있는 물소리를 듣고 싶었다 어두워지는 것이 오히려 슬프지 않았다 감각은 밀려오는 밤의 냉기로 더 맑아왔다 체온을 앗기어 몸을 숨기던 살아 있는 것들 강은 보이지 않는 어둠 너머에 환하게 살아 있었다 그렇게 믿어야 했다 동이 텄다 강은 건널 수 없는데 물은 왼쪽으로만 흐르고 있었다 오른쪽으로 흐르는 강의 꿈을 꾸고 싶었다

3

새총을 만들어야 한다 탱자자무 울에 두 갈래로 크는 가지가 있었다 탱자나무는 두 갈래로 키운 가지를 주는 대신 내 피톨을 앗아갔다 가시 병정은 날카로운 창으로 나를 조금 죽였다 온 세상에 구르는 작은 것들은 내 흉기의 탄환 힘을 주면 네 배로 늘어나는 고무줄로 나는 이미 무엇이든 겨냥할 수 있었다 움직이는 것들은 겨냥되었다

그러나 사정거리 어디에도 표적은 없었다 해의 그림자를
쓰러뜨리고 싶었다

겨울 활천리(活川里)에서

언 땅 어디에 머뭇거리던 발자국 아직 남아 있어
떠나던 날의 멀고 희미한 기억들 하나씩 일으켜세우는지
고향이 무얼까 돌아가신 어른들 산등성에 걸터앉아
살내, 그치지 않는 물길 응시하시고
아직 떠나지 못한 내 혈족 침묵으로 밤을 맞는 땅
겨울 빈 논에는 아무데로나 길이 생겨나고
살내 건너 마을에 드는 소나무 다리는 중간 어디 구멍난 채 허술했다
건너 들면 그곳은 조그만 성인가, 세월 흘러도 활천리
흙은 하나 변한 것 없고 큰 느티나무 홀로 바람을 부리고 있었다
돌아가신 어른 대신 그 아들이 흰머리 얹고 어른이 되는 곳
그렇게 사람도 흙의 모습을 닮아가는 것일까
찬바람으로 한결 맑아진 강에는 어족들 흔적 없고
살얼음 언 냇가에는 아이들의 발자국만 무성했다
흐르는 것들은 어느 것이나 무심해서
어린아이들을 유혹하여 오래 놓아주지 않았다
강가에서 눈을 키우던 내 어린 날들은 어디에 있는가
내 아버지와 가신 할아버지의 어린 날들은 어디에 있는가
살내 강바닥을 휘돌아 흐르는 물살은 알지 못하리라
지금 흐르는 물은 오늘 아이들의 모습을 담아 어디론

가 옮겨가는데
저 물들 깊은 바다에 닿으면 아이들은 노인이 되는 것인지
세상 무심히 흐르는 시간은 온갖 죽음의 곡절을 기억하는지
서글픈 상례면 때없이 들르는 고향
그것은 불길한 순례와도 같아
도시의 쓸쓸한 여각에서 시간을 잃은 노인들은
정갈한 색의 차를 타고 돌아오는데
하루를 다해 치르는 의식 마치면 나는
마을 어른들께 안녕 입바르게 여쭈고 이내 상경할 뿐
활천리 언덕 어디에 내게도 오래 머물 땅이 있을까
사촌과 그의 아이들이 전송하는 들마당을 뒤로하고
강가로 다가설 때 언 땅은 내 발자국을 쉽게 용납하지 않았다

오월의 숲

오월의 숲은 움직인다 살아 움직이는 푸른 맥박
사람들은 보지 못한다 오래 응시하는 자만이
입다문 시간의 촘촘한 단층을 들추어
찾아낼 것이다 물과 빛 근원적으로 하늘과 땅이 일구는
경이의 광맥이여, 상상할 수 있는가
시간을 일으켜 들여다보는 세상의 신비
오월의 숲은 폭발한다 미음 속에 자라는 굉음

사람들은 듣지 못한다 침묵에 익숙한 자만이
모든 혁명의 첫 잎사귀가 정적 속에서 마련됨을 안 후
삼가며 오래 생각하리라 죽은 것들이 오월에는
저렇게 새로 나는가 하늘을 다 가지는가

마장동의 코스모스

—수첩, 1981년

그래도 꽃은 핀다
마른 도시의 길가 마장동 오는 매연 속에서
아침이면 동대문 나오는 천호동 주민들
잠 덜 깬 얼굴로 코스모스 날아온다
길은 넓고 갑갑한 차 속의 공기
해마다 늦가을 꽃씨는 떨어져
아무도 몰래 오늘을 준비했지만
마장동 오는 길 인도까지 포장되면
겨울 흙속에 잠든 씨앗들은
블록에 갇힐 테지
중랑천 죽은 물 비로 한번 넘을 때마다
풀들 빠짐없이 말라 붉어져도
사람들 눈을 감고
아침이면 늘 도시로 든다
코스모스는 이제 땅에 매달려, 아니
하늘로 늘어져 거꾸로 필 수 있고
지난 흙 어미 썩은 위로 기쁘게 피어 있다
마장동 오는 길가에서 숨죽여 붉어 있다

연(鳶), 내가 피울 목이 긴 연꽃

—수첩, 1983년

가을걷이를 마친 들, 마른 버뿌리 곁에서
하늘 끝 성층의 위로
살아 있음의 표지를 올린다
선달의 쓰린 바람 등으로 불어올 때
손목에 감기는 대기의 매듭 그 언저리마다
한 뼘씩의 실을 실어 보낸다
연은 바람의 흔들리는 어깨를 딛고
빗겨 상승한다 작아지면서 그러나 높이 나아가기
물러서면서 결국 비스듬히 넘어서기
그를 성층의 수면 위로 밀어 올리기 위해서는
풀어주면서 튼튼이 당겨주어야 한다
아직은 되감을 수 있을까 아무때나 되감아도 되는가
오래전 얼레에 감은 후 풀어본 적 없는 시간들
자주 돌보지 않은 시간에는 매듭이 많다
연을 만들었던 어린 날의 어느 아침과
빈 얼레의 귀가, 쓸쓸한 황혼을 기억하고 있다
서운함을 이튿날의 망각으로 이었던
고집 센 상처들, 얼레에 남은 간격은 멀지 않다
다시 실을 풀면 엄지 끝을 스쳐 멀어지는 낯선 얼굴들
그들은 떠난 적이 없는데 지금 여기에 없구나
오늘의 바람이 다해도 나만 실을 놓지 않으면
얼레에 묶어둔 처음의 매듭이 상하지 않으면
성층의 위로 올린 표지는 영원히 다른 이름을 지닐 수 없다

높이에는 알지 못할 바람이 불고 있어
지상의 손끝에 흔들림으로 살아 오고
손가락으로 연습한다
사랑하면서 헤어지기 헤어져서도 사랑하기
사랑하지 않으면서 만나기 만나면서도 사랑하지 않기
표지가 흔들려 어지럽게 돌 때에도
지친 허리를 지탱할 수 있다면
나는 진흙 속에서도
어두운 진공으로 깨어 있는 구근의 꿈을 간직할 수 있다
잦은 매듭이 바람의 장력을 빌려 더 죈다면
먼 성층의 수면 위에 고개 내밀
목이 긴 연꽃을 피울 수 있다
이제 실은 남지 않아
처음 매듭 또는 마지막 매듭마저 풀어야 한다
매인 것들은 당겨주지 않으면 추락한다
바람을 이겨내지 못할 것이다 발목이 저린데
가을걷이를 마친 벼뿌리 위에 선 나의 발목

가을 구도(構圖)

—수첩, 1981년

가을, 사랑하는 것일수록
멀리 두어야 하는 계절

얼음 냄새 낮게 퍼져오는
한 해의 저녁 무렵에는

한 마당쯤 건너 언덕에 선
그물나무 가지마다에
우리 사랑하던 갈색 잎을 걸어둔다

눈 가늘게 뜨면 모든 사랑하는 것들
발끝에서 한 길씩은 멀어 보이느니

긴 옷자락 펄럭이는
팽창한 대기의 바닷가 가벼운 물결은
우리 시선의 한결 낮은 아래
갈색의 억새 수풀에서 머물게 한다

그러면 사랑하는 사람아,
너는 가을 화폭의 가장 먼 지평에서
자유로이
네 쉴 자리를 찾을 수 있으리라

바람으로 살아 있는, 한

풀꽃의 이름 없음으로

묶인 밤안개꽃에게

—수첩, 1981년

빠져나오너라
긴 유리 대롱의 꽃병, 질식의 굴레에서
질척이는 안개로 남아
잠들지 못하던 지난겨울 영상의 밤
추억으로 긴 너의 팔은 허공에
흰 울음 낱에 머문다, 흔들려라
바람을 마련하라 겨울의 하루
눈썹으로 밀려오던 빗방울의 흔들림처럼
바람을 마련하라
밤의 입김 안개의 바람이여,
바로 지금 달아나야 한다
온통 녹는 얼음 지난 계절의 주검 위로
대지는 물을 끓인다
발자국 새기며 함께 걷던 도랑에도
김은 끓어오르는데
너는 아직도 믿고 있는가
너의 뿌리는 이미 없다
잘린 상체는 기억하는 아픔만큼
가벼이 날아오를 수 있다
차오르는 발버둥으로 굳은 유리의 꽃병
네 흰 울음조차 깨고 가자
오직 너만이 너를 자유롭게 하리라
어느 겨울 하오에 우리가 자랑하던
한 손아귀의 땀으로 남으려면

승천하는 안개의 자유로 만나려면

학사주점외사

—수첩, 1982년

몇 잔의 술로 다 이야기할 삶은 없어
우리가 만든 온갖 관계들
가시로 우리에게 덤벼들 때
형의 가슴 너머로 흐르는 내 눈물을
형은 볼 수 없어
마신 술 다 눈물로 흐르는 날
감상주의는 우리의 적
사랑은 연습 마친 표적지에
나타나지 않은 탄흔
뚜껑 따진 눈물 우리를 익사시킬 때까지
잔을 놓지 말아
눈물의 노래를 버리지 말아

다시 바다로

—수첩, 1983년

귀에 남아 흐르는 안식의 노래들
다시 새기지 않고 떠나야 한다 잠시
그리운 얼굴들에 내렸던 닻을 이제 거둔다
목마른 정오의 바다, 바람 없는 난류를 떠돌며
다정한 악수가 그립기도 하였지만
한줌의 사랑에 목말랐지만
안개를 더듬어 닿은 뭍에는 늘
반송된 나의 사랑, 혹은 묵은 부고가 백사장을 이루고
그리하여 뭍은 어디나 낯이 선 고향
모르는 마을에서는 풍향 바뀔 때
뼈가 자란 아이들이 구만 마리의 물고기를
뭍으로 옮긴 후 할아버지가 되었다
돛을 편다 젖은 역풍 속에서 한류 거스르는 법을 배우리
출렁이는 큰 바다, 함께 흔들리면서 그러므로
모두 흔들리지 않게 되는 해심으로 가리
사랑하는 사람은 밤새 상륙을 시도하는 파도에
귀기울이지 않고 천년을 돌아누워 있다
그가 무심함에서 깨어나 새벽의 해변에 나올 때
나는 먼바다의 한류를 거슬러
그리움, 만년의 유빙 속에 넣어주고
끊임이 없는 수평선에 기항하며 해심에 들리

흔들리지 않는 나무의 이름

—수첩, 1983년

흔들리지 않는 나무의 이름을
나는 아직 알지 못한다

숲에는 찾을 수 없는 이름들과
그의 잠들지 못하는 의미들이 모여
종일 추상의 늪을 이루고
소리 죽여 나에게 신호하고 있다

걷다가도 문득 멈추어서 생각하곤 했다,
내가 찾는 나무의 이름 혹은
흔들리지 않는 나이테의 깊이를

어느 날은, 저 벼린 햇살에 찔려
한순간 전신이 증발하는
전율의 꿈에서 깬 후 늘 밤인 숲에
쓰러진 나를 보았다

사랑하는 것들은
흔들리지 않고는 내 사랑을 수신하지 못한다

어디선가 보게 될까 결국 만나게 될까
내 시간의 끝,
흔들리지 않는 나무는 세상에 많았고
내 송신이 언제나 흔들리고 있었음을

이 숲을 떠나기 전에 깨닫게 될까

아직도 나는 흔들리지 않음의 의미와
그 의미의 수액으로 크는 나무의 이름을
알지 못한다

마른 엉겅퀴 잎새에 내리는 비

—수첩, 1983년

월동의 땔감을 나르고
오르막이 그치는 길 어귀에 멈춘다
신발에 묻은 하루를 떨어내며
내일의 걱정을 잠시 수레에 기대어둔다
식은 비는 마른 엉겅퀴 잎새에 내리고
우리는 노래를 시작한다
젖은 아버지의 노래 드러나지 않게
식구 모두 몰래 젖는다
우리가 멈춘 길섶 관목의 숲은
여름의 짐을 내려놓고 긴 휴식을 준비하고 있다
아버지의 농사는 늘 어려웠다
들에서 돌아오는 그해 마지막의 수레는
아버지의 쓸쓸함만큼
그분 이마의 주름만큼
두렁에 흔들린 자국을 남겼다
비 오는 저녁,
수레에 남은 피곤을 훑어내고
아우는 삽으로 땅을 두드린다
엉겅퀴 마른 잎새에 비가 내리고
나는 시계의 태엽을 감는다
우리 식구의 시계는
다시 들출 만한 웃음의 시간을 보낸 적이 없다
젖어서 무거운 아버지의 노래는
빗속에서도 메아리를 만들 수 있을까

누이는 관목의 유허에서 화해를 주워온다
그애의 치마폭에는 젖을 만큼
젖은 열매, 포장된 슬픔이 담겨 있다
긴 겨울의 조용한 잠에서 늘
식구들은 같은 꿈을 꾸었다
엉겅퀴 잎새는 이제 소리를 내지 않고
비는 그러나 그치지 않는다
속옷까지 젖었을 때
젖어 무거운 수레를 밀며 간다
내리막길에서 우리 식구는
속까지 흔들리지는 않는 관목 한 그루,
그것의 가지, 말라서도 시들지 않는
소리치며 죽은 엉겅퀴 무서운 이파리
수풀 너머 초가지붕 보일 때
우리는 어머니를 부른다
마당을 떠나지 않는 잔솔가지 타는 연기
젖지 않고 있다
저녁 내내 어머니가 데운 온돌에 누워
우리 남매는 또
한겨울 긴 잠을 이룰 것이다
엉겅퀴 무서운 씨앗과 함께

초가을 산행

—수첩, 1982년

이제 별이 따뜻하다
잠시 산행을 멈추고 물가의 젖은 돌에 앉는다
골짜기는 늘 쉬운 경사의 등고선을 보여주지만
우리는 알고 있다 정상의 고도가 늘 일정함을
곧 숨찬 한때를 맞이해야 함을
나무 그늘을 골라 오르는 산행
문득 바람과 동행하는 가을을 만난다
바람은, 지나는 길에 일행이 흘린
노래 마디를 흔들며 삼림을 스쳐 하산하리라
산지의 계절은 추위에 더욱 가까워
겨울은 지금 정상쯤에서 야영하고 있는지
바람은 벌써 영하의 감성을 지니고 있다
겨울은 새로 태어나는 것이 아니라
침묵의 유산(幽山)에서 환속하는 것인가
물가의 젖은 돌을 떠나 걷기 시작할 때
몇 개의 물방울이 몰래 얼음의 씨앗을
운반하고 있음을 보았다 슬쩍 돌아설 때
그것들은 물의 속도로 뛰며
평지로 잠입하고 있었다

도하의 서

—1983년도 모교 졸업식에 부쳐

이월의 햇살 밝아오면
아직도 얼음 채 녹지 않은 안개의 강변
그 끝에 서자 벼린 냉기의 화살은
우리의 벗은 몸에 수없는 상처로 남는데
우리가 간직하던 몇 개의 녹슨 삿대로
강변에 다가서자 눈빛 어려서 곱던 하루
젊은 나절에 뿌려둔 만남의 씨앗들
쓰러져 썩은 마른풀 강변에서
이 작은 별 위에 남길 발자국
이토록 작음을 서러워하자
이월의 햇빛 일어서면
강은 월동의 얼음 지붕 산산이 부수어서
함정을 마련하는데 우리 강변에 서서
머무르는 일의 부질없음
늦겨울 물살 위에 던져주고
꺾임의 기억들 언 땅 속에 묻어두자
이제 한 걸음 강물을 디디며
어깨를 함께하자
한바탕의 헤엄을 맞은 박빙의 젊음을 위해
시린 가슴마저 나누어야 한다
언제였던가, 들을 횡단했던
작은 기쁨의 흔적 피안에 잇도록
강을 건너자 강을 건너자

젖은 나무의 노래

젖은 나무는 쉽게 불붙지 않는다
빵끼통에 구멍 낸 길가의 난로 가득
버려진 공사장의 나무들을 태운다
바람은 하늘에서 땅으로 불어
차가운 얼음 같은 것들을 몰아 보내는데
우리의 땀 눈물 피를 되돌려 보내는데
젖은 나무는 먼저 타는 나무에 기대어
일단 몸을 말리고 이어 탄다
우리가 둘러서 몸 한쪽을 말릴 때
다른 쪽은 다시 젖고
나무들은 숯이 되어 거듭 타오른다
불길 위에는 눈이 쌓이지 못해
숯마저 불꽃 속에 사그라질 때
오래전 나무들을 엮어주었던 못들
지상에서 가장 강한 못으로
재 속에 남는다

천기

—지하철에서 만난 어떤 노인에게

아시는지 밤이 이 별의 그림자임을
다른 반쪽이 낮인 대가임을
기억하시는지 해묵은 실수를
익어도 물러지지 않는 과실의 일종과
온몸이 발이며 발이 몸인 파충류의 일종
그들이 연루된 사건이 음모는 아닌지
함정은 아닌지 어떻게 생각하시는지
계율과 징벌을 철폐하심을
이 별에서 기도를 거두어가시고
과거와 현재 그리고 없는 미래
그들과 내통한 가난 아픔 헤어짐 죽음
따위를 주머니에 도로 담으시고
행복을 미끼로 삼지 마시고
우리 스스로 길을 고르고 넓히도록 제발

—당신은 말로 모든 것을 이룬 자
그럴 수 있다고 지금도 믿는 자
당신과 헤어져 나는 눈이 아팠습니다
당신의 대답을 아무에게도 전하지 않고
당신의 표정을 나는 영원히 잊지 않습니다

비가

—굴원에게

1

그후 이천 년이 더 흘렀다
누구나 얼마씩은
한 시대의 무게를 짊어지고 가는 것
그대도 시대의 짐을 지고
골똘히 생각하며 건너야 했던 강이 있었던가

2

기다리노라 북을 울리며
셀 수 없는 인연의 고리를 지나
사랑하게 된 님, 그 필연의 사랑은
어떤 내력으로 내게 돌아올 것이냐
강에 나서
물길 흘러가는 끝을 보며
서 있노라 누억의 습성으로 지고 있는 해
그러나 또 오지 않을 오늘의 낙조
땅은 저렇게 흐르는 것들 제 길로 풀어주는데
나는 기다리노라
돌아오라
돌아오라

3

억새 너머로 보는 한세상
흔들리는 것과 흔들리지 않는 것의 대조

모든 살아 있는 것들이 떠난 후
조용히 마련한 나의 축제 우리의 축제
억새들의 축제, 그러나
물풀들 뿌리부터 흔들어 깨우는
강의 습성
바람과 함께 축제를 마련한 억새
가벼운 씨앗들
이편과 저편을 선명히 나누는
강. 물. 강물.
건너려는 자에게 그것은 상승의 계단
이천 년 전 누구에게 그것은 절망

4

그대 몸에 묶은 큰 돌, 아니
그대가 놓지 않은 스스로의 짐
확실한 그대의 짐
아아, 그대는 스스로 너무 가볍다고 생각했던가
—다른 세상으로 가려네
　다른 시대로 가려네
　스스로 들여다볼 수 없는 어둠
　내 안의 어둠
　온갖 잡신들에게 돌려주고
　다른 곳으로 가려네
　나는 너무 무거웠다네

이 큰 돌,
나를 봉황의 깃처럼 가볍게 하리니
기다림의 육신
어복(魚腹)에 장사 지내고 그리하여
아쉬운 한 생애
온 물에 고루 흩어서
가득 채울 것이네
온 땅을 칭칭 동여맬 것이네

5
머리 풀어헤치고
미친듯 강변을 헤매어
제가 찾았던 것은 무엇일까요
제 몸에 배어 있던 외로움은 어디에서
왔던 것일까요
저는 나룻배를 타고 낚시하는 노인을 만나지 못했어요
아무 물에나 발을 씻었어요
당신은 이천 년 전에 물이 되셨지요
그 말 들은 적 있어요

6
네 조상이 믿었던 귀신들
어디에 있느뇨
그들이 네 단장의 비가 아니 듣지 않았다면

너 다시 살아오지 못함
어인 연유이뇨
헛되이 눈물 뿌리며
인간을 한하다가
스스로 병을 지어
천명 함부로 하였나니
이웃과 더불어 낟알 거두며
순명 못하였느뇨
다시 말하건대
너의 귀신은 어디 있느뇨

7

그후 이천 년이 더 흘렀다
누구나 얼마씩은
한 시대의 무게를 나누어 지고 사는 것
내게도 시대의 짐을 지고
골똘히 생각하며 건너야 할 강이 있다
한없이 속으로 울며 건너야 할 강이 있다

처음 꽃을 보는 아이처럼

—모교 개교 88주년에 부쳐

벗이여, 이 오월이 나는
처음 꽃을 보는 아이처럼 놀랍고 낯설다
길 잃어 이 교정 언저리를 헤맨 열몇 해
그 어떤 오월과도 달리
이 오월의 꽃들은 용케도 웃고만 있지 않은가

색은 더 맑아 저 무겁고 무심한 석탑에조차
제 고운 모습을 마음껏 비추어내고
향기는 철없이 발랄하여 한 무리
숲을 걸어가는 젊은이들을 비틀거리게 하는데

그래, 꽃나무들 사정없이 꽃피우지 않으면
달리 무엇이 저 젊은이들이 나기 전부터 이어온
기나긴 겨울의 번민과 방황을 증거할 것인가
꽃만의 오묘한 색과 향기를 믿게 할 것인가

그러나 벗이여, 이 오월에 나는
처음 꽃을 만지는 아이의 손길과 마음으로
새삼스레 시계탑 보이는 언덕에 멈춰 서서
웃는 꽃에 놀라 문득 생각하는걸,

나는 왜 여기 이렇게 섰고, 죽은
겨울의 숲을 지키던 사람들은 어디로 갔을까
먼 봄을 기다리며 보도블록 틈에

몰래 씨앗을 묻고 다니던 터진 손들
얼어붙은 꽃자리를 안고 취해 울던 가슴들

지금은 낙담한 벗이여, 나 오늘은
이 걸음으로 열몇 해의 계단을 거슬러 저 꾝대기
시곗바늘에 묻은 옛날의 빛과 소리를 찾아올 테니
해 질 무렵 노랫소리 높던 사라진 뒤안 동산에서
더운 가슴의 그들을 만나고 말겠네

자네도 오게, 탁주에 웃는 꽃잎을 띄워 마시는 그들
벌써 손을 놓고 할 일을 잃은 우리와, 저
웃는 봄의 젊은이들을 붙잡아 다시 울게 하리니
새로 떠날 먼길의 차표를 나누어 주며

걸어가는 사람의 느티나무

걸어가는 사람의 모습은 아름답다
그가 처음 두 발로 선 자리에서 뿌리내린 시간은
자유롭게 가지를 뻗어
지상에서 가장 높고 넓은 형상으로 자란다
문득 돌아보면 알게 되리라 그가
느티나무 또는 비슷한 낙엽수로 서 있는 것을
걸어가는 사람은 기약하지 않아도
모든 곳에서 살아 있는 모든 이들과 만난다
만날 것이다, 그의 미래가 지닌 넉넉함으로
그는 머뭇거리는 우리를 더욱 사랑하고
사랑하는 것들의 이름을 그의 느티나무
새로 자라는 잎에 적어둔다
우리가 그와 나누어 가진 소중한 시간은
느티나무 단단한 둥치에 나이테로 남으리니
혹독한 시절을 겪어 잎새 낱낱이 시들고
세월의 매서움에 낯조차 설어져도
그가 걷기를 멈추지 않고
사람들도 더 머물기를 그친다면
새로 날 잎새에 사랑하는 모두의 이름
거듭 살아날 터이니 다시 만나게 되리라
서로의 나무 그 잎새에 적힌
이름 찬란히 부르며 우리가 오래 키운
느티나무들 그 너른 수풀 속에서

편지를 챙기며

쓸모가 있어 찾을 때는 보이지 않더니
오늘 먼지 앉은, 묵은 편지 다발이 발에 채인다
사람에 묶여 각박한 몸을 이런 글발들이
잡아주고 있었구나 묵은 얼굴들아
다정한 마음들에 나는 다 답을 했던가
정다웠던 사람들
이젠 영영 만나지 못할 사람도 있고
편지보다 손잡는 게 빠를 사람도 있다
내 편지를 잘 받았다고도 하고
보내준 시집 속에 적은 글을
여러 번 읽었다고도 하는데
야윈 내 마음이 언제 베푼 적이 있었던지
순간의 마음은 이렇게
종이에 맺혀 외로운 날의 따스한 위안인데
그들의 정다움을 등지고
나는 너무 함부로 살아왔구나
이 눈물겨운 유적들, 내가 없으면
이 세상 어디서 종이의 약한 몸을 부지할 텐가

4부

증인

어두운 아카시아 숲에 긴 비 내릴 때
나 살아서 보고 있었네
세상에 남는 일은 벌서는 일
하루를 빛나게 살아가려 해도
나는 더럽다 무성하고 왕성한 아카시아 잎에
긴 비 내려, 평생을 걸고
보고 있어도 아무 일도 일어나지 않네

고별

이제 떠나도 되겠다
내 이십대의 거리는 맨발의 기다림

한 시절을 꾸몄던 장신구들
고리가 녹슬어 흙으로 진다
돌 속으로 돌아가라 가련한 금속들아

이제 뾰족하고 모난 것을 보아도 눈 아프지 않아
무심히 오가는 사람들 속에서
아는 얼굴이 내 이름을 상기시키지 않아도

스스로 걸을 수 있네 돌아보지 않고
내 사랑이여
불을 끈 후 더디게 식어온 용광로여

해거름의 허사

서른몇 해를 견뎌온 얄팍한 세상에
어느 하루, 어제와 같아 무서운 저녁이 올 때
수천 겹을 나와 대결하고 있는 욕망은 옷을 갈아입는다
더 보여줄 것을 가진 것들은 평생을 망설이지만
해 지는 지금 보여줄 기회를 잃고 다만
어둠을 마중하기 위해 고개를 동쪽으로 돌린다
장중하거나 경쾌하거나 애잔한 배경음악은 현실에는
없어,
우리가 운명의 작두에 삶을 베여
해 지는 철둑길을 최대한 천천히 걸어도
애절한 바이올린 소리는 들려오지 않았다
보여줄 것이 더 없는 것들도 망설이며
먼 눈으로 새로 태어날 풍문의 머나먼 날을 헤아릴 뿐
매일 세상은 지는 해를 들어
멸망의 징후를 낱낱이 보여주고
사람들은 안전한 무덤의 깊이를 토론한 후
물이 될 방도를 찾아 웃으며 떠날 때
나는 백년 전 욕망이 어느 식탁에 던진 화두를 생각하며
생각하기를 포기하며 항복문서에 서명한다
더이상 항복은 없다고 일기에 서명한다

춤, 누항을 떠나기 위한

비틀거리는 것이 아름답다
슬픈 것이 아름답다
그리하여 약한 것들이 아름답다
약간의 즐거움과 짜증의 안온함
그것들 속에서 조금씩 웃음을 흘리며
살아갈 뿐
이젠 목에 핏대 세우며
말할 게 없는 것이다
거리에서
이 광대한 도시의 거리에서
다시 만날 기약도 없이
만난다 하더라도
오늘을 기억하지 못할,
웃는 아름다운 아이들 웃는 아름다움
그들에게 무엇을 말할 수 있으리
천연색의 세상은 내게
즐거움과 짜증을 주지만
그것 아이스크림의 즐거움과 짜증
그리하여 저 유리창을 밀고
저 덧없이 울고 웃는 것들
이윽고 사라져가야 할 것들에서
얼굴을 돌리네

누항을 떠나며 1

이제 덧없이 사라질 것들에 눈 돌리지 않고
투정하지 않는 무거운 것들을 깊이 바라보리
나 또한 낡아가는 몸과 변덕 많은 마음을 가져
시정의 술과 세간의 사랑에 신발을 벗어두고
함께 스러져갈 약한 것들과 어울렸으나
다시 꽃들은 지고
열매는 여물지 못해 참혹히 썩어가나니
저들에게 배울 것은 죽음의 습성뿐
잠들지 않는 더러운 야합의 습성뿐
이제 나는 피지 않은 꽃눈과
아이들의 어지러운 걸음과 간지러운 웃음에도
그들이 허물어져갈 축축하고 더러운 구렁을
악몽처럼 미루어보겠네 텅 빈 것들의 냄새를
그리하여 나는 누항의 발길을 옮겨
더는, 저 덧없이 사라지고 말
사소하고 약한 것들의 눈물겨움과
순간의 아름다움에 마음 빼앗기지 않고
메마르고 단단한 것들의 침묵과 중량을 사랑하려네

누항을 떠나며 2

누항의 날들은 즐거웠습니다. 이제 떠나도 오래 그리울 것입니다. 더 내려설 곳을 알지 못했으므로 우리는 계단을 만들지 않았고 더 잃을 것이 없었으므로 문을 달지 않았지요. 누항의 거리는 지나새나 축축했어도 방석이 없어 불행하지는 않았습니다.

보세요, 저 홍등 속에 숨바꼭질하는 아름다운 홍안의 아이들. 천진하지 않음의 천진함, 무구하지 않음의 무구함. 내일을 생각하면 뼈가 굳어지고 어제를 떠올리면 눈빛이 흔들렸지만 오늘이 있어 웃으며 잊을 수 있던 나날. 상했지만 넘치는 한 사발의 술, 머리보다는 몸으로 사는 친구들, 향기롭진 않아도 더운 속살을 가진 여인들이 붙잡았던 무수한 오늘. 누항의 싸움은 떠들썩했으나 항상 처음과 끝이 또렷했고, 누항의 사랑은 처음이 없었으나 끝 또한 없이 어지러웠으므로 복수도 후회도 필요하지 않았습니다.

올라설 계단이나 동아줄을 꿈꾸지 않는다면 영원히 누항의, 없는 지붕 아래 살 수 있을 테지요. 그러나 이제 저는 싸움의 끝없음과 사랑의 끝을 찾아 떠나야겠습니다. 어떻게든 내려설 도리를 찾아보겠어요. 누항의 날들은 더없이 즐거웠으나 그 즐거운 사치를 찾아 돌아오지는 않겠습니다.

문학동네포에지 056

푸른 비상구

초판 인쇄 2022년 11월 7일
초판 발행 2022년 11월 21일

지은이—이희중
책임편집—김민정
편집—유성원 김동휘 권현승 유정서
표지 디자인—이기준 김하얀
본문 디자인—이원경
마케팅—정민호 이숙재 김도윤 한민아 정진아 이민경 정유선 김수인
브랜딩—함유지 함근아 김희숙 고보미 박민재 박진희 정승민
제작—강신은 김동욱 임현식
제작처—영신사

펴낸곳—(주)문학동네
펴낸이—김소영
출판등록—1993년 10월 22일 제2003-000045호
주소—10881 경기도 파주시 회동길 210
전자우편—editor@munhak.com
대표전화—031-955-8888 / 팩스—031-955-8855
문의전화—031-955-2696(마케팅), 031-955-8865(편집)
문학동네카페—http://cafe.naver.com/mhdn
문학동네인스타그램—@munhakdongne
문학동네트위터—@munhakdongne
북클럽문학동네—http://bookclubmunhak.com

ISBN 978-89-546-9026-3 03810

www.munhak.com

문학동네